5452.
+R35.

10094

LE DUEL,

POËME;

SUIVI DE L'ORIGINE

DE LA GAZE

ET

DES BOUFFANTES;

PAR M. GABIOT,

De Salins en Franche-Comté, Précepteur chez M. Lelong, à Saint-Denis en France.

Tantùm Relligio potuit suadere malorum !

A PARIS,

Chez ANDRÉ-CHARLES CAILLEAU,
Imprimeur-Libraire, rue Saint-Severin,
vis-à-vis des murs de l'Eglise.

M. DCC. LXXVII.

Avec Approbation & Permission.

AVERTISSEMENT.

Comme on voit souvent un fils impie & libertin naître de parens chrétiens & vertueux; de même on voit quelquefois d'une ou de plusieurs vertus mal entendues ou portées à l'excès, naître un monstre qui déshonore ses sectateurs.

L'amour de la Gloire, & la crainte du déshonneur sont sans contredit les vertus favorites du Français, mais un cœur sensible aux cris de l'humanité outragée, un cœur qui préfère un honneur pacifique & vrai, à cet honneur frénétique & imaginaire qu'affichent les Duellistes, ne se voit-il pas en quelque sorte contraint malgré lui de souhaiter que ces vertus deviennent plus traitables, & tyrannisent moins les âmes de ses aveugles concitoyens.

L'homme ne connaîtra-t-il donc jamais ce milieu salutaire, ce fil certain qui doit guider ses pas dans les détours tortueux du labyrinthe qu'il parcourt? Nouvel Ulysse, ne saura-t-il jamais s'attacher au mât du vaisseau qui le porte, pour ne point céder aux charmes de la voix des Sirènes enchanteresses qui l'environnent & qui cherchent à l'entraîner dans les tourbillons de Scylla ou de Carybde?

Parce qu'il aime la gloire, doit-il fouler la nature? Parce qu'il tend à l'immortalité, faut-il qu'il dépouille de l'humanité jusqu'à ce sentiment invincible qui nous fait chérir notre exiſtence, & reſpecter celle de nos ſemblables? Pour devenir un héros doit-il ceſſer d'être homme? Orgueilleux de ſa ſupériorité ſur l'animal qui rampe & qui rumine, jaloux du privilège que lui donne ſa raiſon, ne s'en ſervira-t-il que pour les plonger dans la claſſe de cet animal deſtiné à le ſervir; ou plutôt méconnaîtra-t-il ſa voix, au point de ne ſavoir ou de ne vouloir pas diſtinguer ce qui eſt véritablement honteux, de ce qui ne l'eſt que dans quelques cerveaux échauffés & mal organiſés?

Ne faut-il pas avoir perdu la raiſon, & tout ſentiment du véritable honneur, pour croire qu'il dépend d'une parole d'un brutal qui n'a jamais connu les règles de la ſociété, & qui, très-ſouvent, n'en connaît d'autre que celle des partiſans de ſes infâmes débauches.

Quoi! diſait le plus ſage de l'antiquité à ſes amis qui lui conſeillaient de ſe venger d'un inſolent qui l'avait inſulté: « Si un âne m'avait » donné un coup de pied, vous me conſeilleriez » donc de le citer en juſtice! »

Pourquoi, auſſi ſages que lui, ne nous écrions nous pas: Quoi! parce qu'une parole quelquefois dite ſans réflexion m'aura choqué ; parce qu'un mortel, peut-être mon ami, adorera avec moi des appas qui méritent de l'être par tous les hommes ; parce qu'une beauté ou sensible au mérite d'un rival, ou emportée par son caprice me sacrifiera, j'aurai droit de me déshonorer véritablement pour venger une insulte imaginaire dont il est innocent !

Voilà cependant les principales causes du Duel ; un mot, un geste, une préférence, un soupçon, un rapport infidèle, que sais-je ? un fantôme nous met chaque jour, quelquefois même malgré nous, les armes à la main.

N'est-ce pas une tyrannie dont la raison devrait secouer le joug ? Un Officier de mérite, estimé & respecté dans son corps, reçoit d'un éventé une de ces insultes prétendues ; s'il l'endure courageusement, s'il méprise celui dont il l'a reçue, c'est un lâche, on le fuit, on le proscrit, il est même souvent obligé de se retirer pour ne se point exposer à de pareilles insultes, & de priver par-là l'Etat d'un bras, peut-être destiné à en soutenir les colonnes. S'il les venge, il est obligé de se cacher, de faire passer son Duel pour un de ces coups du sort qu'on n'a pu prévoir, pour tâcher d'attirer sur lui la grâce du Souverain, & pour ne point finir ignominieusement des jours qu'il vient d'exposer avec témérité.

On est homme d'ailleurs, & par conséquent

deſtiné à une vie plus heureuſe. N’eſt-ce pas abjurer la raiſon, que d’expoſer l’eſpoir d’une félicité éternelle où l’on doit aſpirer ; que de violer auſſi formellement les loix d’un Dieu qui nous ordonne le mépris des injures, qui nous l’a enſeigné par ſes exemples, & qui nous défend de tremper, ſous quelque prétexte que ce ſoit, nos mains dans notre ſang & dans celui de nos ſemblables.

Que de réflexions, ſi un Duelliſte en était capable ! Mais, hélas ! ſa manie eſt la manie à la mode, un excès careſſé par un uſage criminel, & autoriſé par des exemples fréquens & ſanglans. C’eſt un préjugé que l’on ſuce avec le lait ; & à peine les mains d’un enfant ſont-elles capables de ſoutenir une épée, qu’on lui enſeigne cet art funeſte & infernal d’égorger ſon ſemblable avec grace, au lieu de lui perſuader qu’il eſt d’un grand cœur de pardonner. Son cœur faſciné par les preſtiges d’une éducation pernicieuſe, reçoit avec avidité le poiſon qui lui eſt préſenté de la main du faux honneur ; & cette épée qu’il porte devient entre ſes mains l’inſtrument de ſes fureurs, au lieu d’être un frein qui calme la fougue de ſa jeuneſſe, & qui le rende diſcret, ſincère & honnête homme.

Que d’exemples terribles ! On a vu des Frères arroſer de leur ſang les degrés du Temple que la fureur & la rage ont élevé au Préjugé ;

des Elèves plonger un fer ingrat dans le sein des Mentors chargés du soin pénible de leur conduite dans le monde ; des Amis se méconnaître & s'égorger ; & on regarde comme une vertu ce qui bouleverse les sentimens de la Religion, de la Nature & de l'humanité !

Que dirai-je encore ? ou que n'a-t-on point déjà dit ? La fureur du Duel est une Hydre sans cesse renaissante, dont les têtes monstrueuses & empoisonnées se reproduiront toujours, jusqu'à ce qu'un Hercule vigoureux les abatte toutes du même coup. Quel sera-t-il ? Un cœur sensible & rempli du véritable honneur, se contente d'attendre en secret qu'un mortel intrépide & bravant le préjugé renverse ses autels, brise son sceptre sanglant, & ôse se montrer homme & héros. Si toutes les choses humaines sont sujettes aux révolutions, & en ont successivement éprouvé, il faut espérer que des sentimens forcés, une férocité barbare, une vertu farouche, sauvage & fausse ne règneront pas long-tems encore sur des peuples policés, doux & amateurs des véritables vertus.

Je ne dirai qu'un mot du Poëme que je donne au Public. Plusieurs de mes amis l'ont vu, & l'ont loué. Une personne désintéressée a trouvé trop forcée la peinture que je fais de mes deux Duellistes. Elle ignorait sans doute, que je l'avais tirée de Sénèque ; voici ses paroles : *de irâ* L. 1. C. 1. L. 2. C. 25. L. 3. C. 4.......

    « Nam ut furentium certa indicia funt, itâ
» & irafcentium, flagrant oculi, & multus
» ore toto rubor. Labia quatiuntur, dentes
» comprimuntur, horrent ac fubriguntur ca-
» pilli, tumefcunt venæ, concutitur crebro
» fpiritu pectus, parùm explanatæ voces funt,
» comploduntur fæpiùs manus, pulfatur hu-
» mus pedibus, totum concutitur corpus...&c...»

    Je fouhaite avec tranfport que l'on trouve du goût & des difpofitions dans cet effai, où j'ai laiffé aller mon génie & mon cœur. Si on l'accueille favorablement, j'ôferai hafarder dans le Public, quelque chofe de plus confidérable fur le même fujet, & contribuer à fes plaifirs, feul but que je me propofe, par tout ce qui dépendra de mes faibles talens.

    On trouvera à la fuite de ce Poëme, un conte que l'on m'a engagé à y joindre.

    Jeune & téméraire Icare, j'effaie mes aîles fans favoir laquelle des deux doit le plus affurer mon vol ! Heureux fi le feu d'une critique trop violente ne m'expofe point à me voir dépouillé de leur fecours, & à faire une chûte honteufe dès mon premier effor. Que mon Lecteur daigne plutôt être le Dédale prudent, qui me trace la route que je dois tenir, & me montre les écueils que je dois éviter. J'ôfe l'affurer d'une docilité fans bornes, quel que foit l'arrêt qu'il prononce.

LE DUEL,
POËME.

QUEL effroi me faisit! des plus funèbres voiles
La nuit dans un instant obscurcit les Etoiles.
La Lune de son front nous cachant la pâleur,
Semble fuir l'Univers & reculer d'horreur.
  Nous vîmes autrefois, remplis des Euménides,
Le poignard à la main les farouches Atrides,
Bravant les Immortels, proscrits de leurs Palais,
Se disputer l'honneur des plus affreux forfaits.
  L'aspect de ce festin où, * doublement parjure,
Un monstre sous tes yeux fit pâlir la nature,
Brillant père du jour, te força d'éclairer
Des mortels moins ardens à se déshonorer.
Ta sœur craint de paraître! en ce climat barbare.....
Justes Dieux !.... je frémis..... un meurtre se prépare.....
Sous mes pas chancélans mille abîmes ouverts,
Offrent à mes regards le gouffre des Enfers.
A travers la vapeur que vomit le Cocyte,
J'apperçois deux mortels..... la fureur les agite.....
Dans les sombres accès dont ils sont animés,
Ils roulent de leurs yeux les globes enflammés.....

---

* Allusion aux deux sermens que prononce Atrée, dans la
Tragédie de M. DE CRÉBILLON, pour tromper son frère Thyeste.

Je vois des deux côtés de leur bouche sanglante,
Découler les bouillons d'une écume brûlante,
Leurs lèvres s'agiter, sous le choc de leurs dents
S'échapper en éclairs des feux étincelans.....
De rage & de courroux tous leurs membres frémissent;
Sur leur front rougissant leurs cheveux se hérissent;
Le cœur même, le cœur de ce couple assassin,
A battemens pressés s'élance de leur sein,
Et regorgeant du sang dont leurs barbares crimes
Ont épuisé les flancs de mille autres victimes,
Semble fuir son séjour où flétri, déchiré,
Par de nouveaux excès il est déshonoré.

Aux sons entrecoupés que profère leur bouche,
Succède quelquefois un silence farouche.
D'une main la Discorde entr'ouvrant leur tombeau,
De l'autre sur leur tête agite son flambeau.

Ce Dieu que la vertu, que le héros abhorre,
Qu'un cœur dénaturé pour son malheur adore,
Qui du modeste honneur empruntant les appas,
Nous égorge du fer dont il arme nos bras,
Le Préjugé la suit; & d'une main avide
Aiguise à leurs côtés le poignard homicide,
Et joyeux du succès qui suit ses noirs desseins,
Le plonge aux eaux du Styx & le met en leurs mains.

Leurs souhaits sont comblés, le fer brille, ils s'avancent,
L'œil en feu l'un sur l'autre aussi-tôt ils s'élancent,
Mille coups à la fois se portent, sont parés,
Et leur acharnement augmente par degrés.

Le sang coule : du sein de leurs demeures sombres,
D'épouvantables cris sont poussés par les Ombres.
Pour la première fois l'Achéron teint de sang,
Détefte ses bourreaux, les vomit de son flanc,
Et secouant sur eux sa torche vengereffe,
A grands pas, à grands cris Tifiphone les preffe,
Ils ne sont déjà plus au séjour ténébreux,
Et l'abîme en grondant se referme sous eux.

    Ils marchent à pas lents : leur main défefpérée,
Dans leurs premiers efforts encor mal affurée,
A mal fervi leur rage, & trahiffant leurs vœux,
N'a porté dans leurs flancs qu'un coup peu dangereux.
Ils craignent que trop tôt, rapide dans sa courfe,
Le sang qu'il font couler ne tariffe en sa fource ;
De ce sang qui loin d'eux s'enfuit à long fillons
Une main forcenée arrête les bouillons ;
Et l'autre armée encor de la lame funefte,
De leurs corps chancelans foutient le trifte refte.

    Il eft près de ces lieux un long rang de bofquets,
Déteftable séjour, planté de noirs ciprès ;
Jamais l'aftre du jour n'y porta sa lumière,
Nul mortel fatigué n'y ferma la paupière,
Chaffé par l'air impur dont il eft infecté,
Le faible oifeau s'enfuit d'un vol précipité.
Le Deuil y règne au loin : des voifines prairies,
Sous un Ciel rigoureux, les herbes font flétries,
Victimes du poifon dont les nourrit le fort,
L'inftant de leur naiffance eft celui de leur mort.

Dans un coin enfoncé, du milieu des ténèbres
S'élève un triste Autel ; mille voiles funèbres
Sont tendus à l'entour l'un sur l'autre entassés ;
Les chiffres de la Mort par-tout y sont tracés.

Revêtus de lambeaux & sanglans & siniftres,
Du Préjugé barbare, infortunés Miniftres,
Du sang d'un ennemi les mortels égarés,
Quelquefois du leur même arrofent fes degrés.

Tel eft du Préjugé l'horrible fanctuaire.
Du fond de fes cyprès ce monftre fanguinaire,
Soufflant dans tous les cœurs fa rage & fon poifon,
Fait fuir loin des humains la Vertu, la Raifon.

D'offemens defféchés la Mort forme fon trône,
Un Poignard eft fon Sceptre, un Crêpe fa Couronne.
Tous les Dieux de l'Enfer attachés à fes pas,
Sur la Terre à fon gré vont porter le trépas.
Au nombre des forfaits il mefure fa joie.

Jaloux de s'immoler une fi belle proie,
Au milieu de la nuit fon invifible bras,
En ces affreux bofquets a dirigé leurs pas.
Ils entrent : fous leurs pieds un fang épais bouillonne ;
C'en eft fait : à leur fort le Ciel les abandonne.

Déjà du Dieu cruel le glaive trop fatal,
Brillant à leurs regards a donné le fignal ;
Déjà, mais vainement, contre leur fein tournée,
La lame a menacé leur vie infortunée ;
Un farouche repos fuccède à leurs efforts,
Par excès de fureur plutôt que par remords.

Tels deux Lions puiſſans que la ſauvage Afrique,
A produits, élevés, ſous ſon brûlant Tropique,
Pourraient ſe diſputer le Sceptre des forêts.

Du trépas à la fin s'ordonnent les apprêts.
Le coup funeſte part : une adreſſe cruelle
Porte aux flancs ennemis une atteinte mortelle,
Ce monſtre infortuné pouſſe un cri vèrs les Cieux...
Le voile de la mort enveloppe ſes yeux......
Il frémit..... il chancelle.... il maudit la lumière....
Il voudrait.... il expire en mordant la pouſſière.

Mais de quels cris plaintifs ont retenti les airs ?
La tendre Humanité dans ces affreux déſerts
Oſa-t-elle jamais porter un pied ſenſible,
Depuis quand des combats, le ſpectacle terrible,
Satisfit-il ſon cœur, charma-t-il ſes regards ?
Dieux ! quel objet la ſuit ! ſes cheveux ſont épars ;
Ses traits, beaux autrefois, ont perdu tous leurs charmes ;
Sa voix ſont des ſanglots, ſes yeux verſent des larmes ;
Malheureuſe moitié d'un époux qui la fuit,
Elle vient le chercher dans l'horreur de la nuit.
De ſon fils jeune encor ſa main faible & mourante,
Soutient avec effort la démarche tremblante.
Spectacle attendriſſant de l'Amour conjugal !

A peine elle approchait du théâtre fatal,
Un cliquetis affreux, le cri de la vengeance,
Les accens de la mort ont percé le ſilence,
Elle ſent ſous ſon corps ſe courber ſes genoux,
Elle arrive,..... elle voit....hélas ! c'eſt ſon époux.

» Infâme meurtrier, contemple ton ouvrage ;
» Contemple sans frémir le succès de ta rage.
» Ce sang que ta fureur fait jaillir de son flanc,
» Dont ton œil se repait, barbare ! c'est ton sang.
» Ce mortel que ta main ravit à la lumière,
» C'est un Epoux, un Père, un Citoyen, ton Frère,
» Un Frère qui t'aimait.... c'est toi qui l'as séduit,
» En ces horribles lieux ta rage l'a conduit ;
» Faible, mais vertueux ; cruel, mais magnanime ,
» Jamais il n'eût marché dans les sentiers du crime ;
» Je verrais de ses jours luire encor le flambeau,
» Si ta main, de l'erreur ourdissant le bandeau,
» Pour le mieux immoler n'en eût voilé sa tête.
» Monstre ! ta barbarie est-elle satisfaite ?
» Pour étancher ta soif faut-il du nouveau sang ?
» Viens ; il en reste encore en mon malheureux flanc.
» Ton bras dénaturé vient d'immoler le père,
» Sur son sein palpitant, viens, égorge la mère,
» Fais plus, sois généreux : en faveur de leur fils
» D'une indigne pitié n'écoute point les cris.
» Il convient aux Héros d'étouffer la nature.
» Le plus léger remords fut toujours une injure,
» Quand on a comme toi par un meurtre inhumain,
» Dans le sein de son Frère ensanglanté sa main.
» O vous, Dieux tout-puissans, Dieux vengeurs que j'implore,
» Si ma voix jusqu'à vous peut s'élever encore,
» Si jamais des humains les saints droits outragés,
» Par les Dieux en courroux dûrent être vengés,

» Sur ce monftre affaffin laiffez tomber la foudre....

» De la terre plutôt le fein doit fe diffoudre,

» L'enfer qui le forma devenu fon tombeau,

» Trouvera pour fon crime un fupplice, un bourreau.

Elle dit: à l'inftant meffager du tonnerre,

L'éclair luit, le Ciel gronde, & fait trembler la Terre ;

Les airs font embrâfés ; Jupiter en fureur

Semble avoir décidé le moment deftructeur ;

L'affaffin tremble, éprouve une crainte inconnue ;

La foudre par éclats partage enfin la nue,

Dévore fous fes yeux avec rapidité

Les funeftes Ciprès, & l'Autel détefté,

L'écrafe au même inftant, difperfe au loin fa cendre,

Et du milieu des feux ces mots fe font entendre :

» Mortels, que la vertu renaiffe dans vos cœurs ;

» S'il fut des criminels, il eft des Dieux vengeurs. »

L'ORIGINE

L'ORIGINE
DE LA GAZE
ET
DES BOUFFANTES.

Tissus voluptueux qui de la main des Grâces,
 A Cythère fûtes formés,
Nœuds déliés par qui les Amans enflammés,
De l'Amour leur vainqueur suivent partout les trâces,
 Qui sous les doigts délicats & charmans
 D'une Beauté simple & modeste,
 Devenez les sûrs instruments
D'une victoire illustre, mais funeste
A la tranquilité des curieux Amans;
Et qui du plus beau sein ne dérobant les charmes
 Que pour piquer leurs regards indiscrets,
Leur faites acheter par des torrens de larmes,
 Des plaisirs trompeurs & secrets,
 Je vais chanter votre Origine.
Puisse l'Amant crédule apprendre dans ces Vers
 A redouter les abîmes couverts
Cachés sous les appas d'une Beauté divine.

B

Dans un hameau , voisin du séjour enchanté
Où Vénus & l'Amour ont fixé leur Empire,
   Vivait la charmante Daphné.
Faite pour inspirer un amoureux martyre,
   Son cœur s'était laissé séduire
Aux charmes de l'Amour qui l'avait destiné
À goûter les douceurs du lien fortuné,
   Par qui vit tout ce qui respire.
Mais ce perfide enfant qui, par mille rigueurs,
   Nous fait acheter ses caresses,
   Dont l'arc & les flêches traîtresses,
   Au lieu de ces douces langueurs,
   De ces larmes enchanteresses
Que l'excès du plaisir exprime de nos cœurs,
   Font dans les âmes qu'il consume,
   De concert avec les douleurs,
   Naître le trouble & l'amertume,
   Lui faisait nourrir dans les pleurs
   Et son amour & ses malheurs.
Il prétendait que la jeune Bergère,
   Ne dût qu'à son heureux secours,
   Et le précieux art de plaire,
   Et le succès de ses amours.
   Mirtil, objet de sa tendresse,
Paraissait ignorer jusqu'au nom de l'Amour.
Aussi beau qu'Adonis, il eût paré la cour
   De sa charmante& divine maitresse.
   De son front, théâtre des ris,

B

Defcendait une longue & blonde chevelure,
    Que les Zéphires étourdis ,
    Faifaient voler à l'aventure.
    Un feul ruban couleur de feu,
    La retenait en efclavage.
Préfent de la Bergère , il lui traçait l'image
    D'un amour vif qu'il connaiffait fi peu.
    Paré des fleurs de la jeuneffe ,
Son vifage brillait du gracieux carmin
    Que l'Amour répand de fa main ,
    Sur les beautés par qui l'ivreffe ,
    Fruit raviffant de la tendreffe ,
    S'allume & brûle notre fein ;
Bref , il ne lui manquait que d'être plus humain.
    C'était-là le nœud de l'affaire.
    Avec la gentille Bergère
    Sous le même toit élevé,
    Et par fes parens réfervé
A des nœuds fouhaités par cette tendre amante ,
    Mirtil voyait fa figure charmante ,
    Ses attraits fraîchement éclos ,
    Et cependant fon cœur de glace,
    Ne fentait point les mêmes maux
    De fa froideur prendre la place.
    Sa flûte , fon chien , fon troupeau,
Seuls rempliffaient fon âme toute entière.
Les charmes des beautés qui vivaient au hameau,
    De fes difcours n'étaient point la matière.

Une désolante amitié,
Payait un feu qu'il ne pouvait comprendre ;
Et de Daphné l'œil de larmes noyé
Eût excité sa pitié la plus tendre ,
S'il eût pu de l'Amour connaître la pitié.
Ces piquantes agaceries
Que la Nature inspire aux jeunes cœurs ,
Ces doux baisers , faveurs chéries,
Liens toujours surs & vainqueurs ,
Prix donné quelquefois , mais plus souvent encore
Volé par un heureux amant ,
Qui cherche à soulager l'ardeur qui le dévore
Sur les appas vermeils de l'objet séduisant.
Qui le transporte & qu'il adore ;
Ces coups d'œil tantôt vifs & tantôt languissans ,
Qui tour-à-tour vont porter dans les sens
Tous les feux qui d'Amour signalent le passage,
Par la belle mis en usage ,
Avaient été des charmes impuissans :
Mirtil n'entendant point cet amoureux langage,
Sortait de ses bras caressans ,
Sans connaître aucun esclavage.
Daphné n'avait plus qu'un appas,
Qui pût lui plaire & le séduire ;
Mais elle ne connaissait pas
Son usage, ni son empire.
Déjà depuis un an sous le mouchoir léger ,
Il allait & venait & toujours invisible,

Cette aimable prison au jour inacceſſible,
	Etait de même inconnue au Berger.
	D’une Maman d’ailleurs la main ſévère,
D’un fichu très-exact la couvrait chaque jour,
Et jamais un amant heureux ou téméraire
	N’avait preſſé ces Trônes de l’Amour.

	Daphné, de douleur pénétrée,
Demande à tous les Dieux la fin de ſon tourment,
Ou que des mêmes fœux d’un inſenſible amant,
	L’âme à la fin ſoit dévorée.

	Son cœur enfin lui ſuggère un deſſein :
Car pour ſe ſatisfaire il n’eſt aucune voie,
Lorſqu’un tendre penchant dévore notre ſein,
	Que l’on ne tente & qu’on n’emploie.
Elle vole à Cythère & baignant de ſes pleurs
Les Autels de ce Dieu trop connu dans le monde :
» Amour, dit-elle, auteur de ma douleur profonde,
	» Daignez terminer mes malheurs ;
	» Vos traits vainqueurs m’ont enflâmée,
» Vous règnez dans un cœur que vous tyranniſez ;
» Ou guériſſez les maux que vous m’avez cauſés,
	» Ou faites que je ſois aimée.
» *Mirtil* eſt néceſſaire au bonheur de mes jours ;
	» Faites-lui partager ma flâme,
	» Qu’il ſente naître dans ſon âme
» Les feux qui de ma vie empoiſonnent le cours.
	Des Amours la troupe légère,
Juſqu’au Trône du Dieu qu’adorent les mortels,

Portent aussi-tôt la prière
Que Daphné prononçait au pieds de ses Autels.
L'amour y fut sensible, & jetant sur ses charmes
Un regard tendre & complaisant;
» Tes yeux ne sont pas faits pour répandre des larmes,
» Lui dit-il, de mes mains accepte ce présent.
» Si tu sais t'en servir, à tes vives allarmes
» Tu verras succéder le sort le plus charmant.
Il dit: & ses nombreux Ministres
Apportent à Daphné ce présent précieux.
Son front devient serein, de ses destins sinistres
Finit le souvenir odieux,
L'espoir rentre en son cœur, elle revole aux lieux
Que de *Mirtil* embellit la présence,
Après avoir à ce maître des Dieux
Payé le doux tribut de sa reconnaissance.
Le jour à peine éclaircit l'horison,
Cédant à son impatience,
Daphné dans un bosquet s'avance,
Et là sur un lit de gazon,
Que d'un ruisseau l'onde argentine & claire
Défend des traits de la saison,
Les yeux fixés sur la gaze légère,
D'autres disent Bouffante, inestimable don,
Prix fortuné de sa prière:
» *Mirtil*! dit-elle; enfin du doux poison
» Qui me dévora la première
» Avant l'âge où de la raison

» Le flambeau brillant nous éclaire,
» Tu sentiras les ravages heureux,
» Tu combleras les veux de ta Bergère,
» Tu brûleras des mêmes feux.
» Amour, achève ton ouvrage,
» *Mirtil* est né pour vivre sous tes loix,
De ton présent inspire-moi l'usage,
Fais qu'il s'arrange sous mes doigts.
Elle achève ces mots, & d'une main tremblante
Elle ôte le mouchoir qui couvrait son beau sein :
A son aspect une rougeur charmante
Anima les lys de son teint,
Et l'onde du ruisseau d'une course plus lente,
Pour le voir un moment se porta vers sa fin.
Bientôt la Gaze transparente
Eut de ses plis voluptueux
Enveloppé des dangereuses armes,
Qu'un penchant tendre & vertueux
Employait pour tarir la source de ses larmes.
Mais outre ce tissu léger,
Qui lui vole trop de ses charmes,
Lorsque de la pudeur qui se croit en danger
Il prétend calmer les alarmes,
Ce palais de l'Amour qui se sent ombrager,
Sans cesse s'enfle & se courrouce,
Et tour-à-tour chasse & repousse
Le voile injurieux dont on l'ose outrager.
Du ruisseau l'onde belle & pure,

    Préfente à Daphné fes attraits,
Elle fourit : parmi fa chevelure
    Quelques fleurs mifes fans apprêts
    Font le refte de fa parure.
L'heure enfin s'approchait où des bras du fommeil,
Le Berger s'arrachait & menait dans la plaine
Son troupeau, fon amour : les regards du Soleil
    Du Zéphire échauffaient l'haleine.
La Bergère le voit ; un timide embarras
    Succède à fa douce affûrance.
    Mirtil arrive : elle vole en fes bras
    Le cœur rempli de crainte & d'efpérance.
Par le fils de Vénus à l'amour préparé,
Mirtil fent dans fon cœur une ardeur inconnue :
    Les charmes qui frappent fa vue,
Spectacle raviffant trop long-tems ignoré,
Arrachent de fa bouche un foupir tout de flâme,
Le premier qu'il payât au Dieu qui fait aimer.
Sans vouloir s'en défendre il fe laiffe charmer,
Et l'amour fans combat s'empare de fon âme.
    Jamais les regards de Daphné
N'avaient lancé de traits plus fûrs de leur victoire,
    Jamais fon cœur infortuné
    N'avaient plus envié la gloire
De voir *Mirtil* à fon char enchaîné.
Mais le don de l'Amour fervit plus que le refte
A la faire arriver au but de fes defirs.
    Enchanté de l'afpect funefte,

Du séjour dangereux qu'habitent les plaisirs,
　　Mirtil étonné le dévore,
　Son œil se baisse & puis se lève encore
Sur ces charmes qu'il voit pour la première fois.
　　Tantôt il veut conjurer la Bergère,
　　　Dont son cœur changé suit ses loix,
De lever une gaze à ses yeux trop grossière;
Un sentiment secret malgré lui le fait taire,
　　　Il aime & respecte son choix:
Tantôt, s'il en croyait un transport téméraire,
Sur ces touffes de lys un amoureux baiser
　　　Le paîrait de l'amour sincère
Qu'il puise dans les yeux de sa jeune Bergère;
　　　Mais il n'ôferait s'exposer
　A demander une faveur si chère,
　　　Qu'elle pourait lui refuser.
　　Enfin ne pouvant plus contraindre,
Des sentimens nouveaux qu'il voudrait démêler,
Sans savoir l'art charmant d'aimer & de se plaindre,
　A sa Bergère il ôse ainsi parler.
» Quels sont donc, ô Daphné! ces transports & ce trouble
　　» Que tes yeux font naître en mon cœur?
　　　» Ce sentiment doux & vainqueur,
　　　» De momens en momens redouble.
» Un plaisir enchanteur que n'éprouva jamais
» *Mirtil* pendant les jours de son indifférence,
　　» Le charme heureux d'une espérance
» Dont l'objet incertain échappe à mes souhaits,

» Que fais-je ? tes yeux...... ces attraits......

» Tes faveurs...... tes vives careffes,......

» Ta fimplicité..... tes tendreffes ;

» Tout alluine en mon fein un feu prompt & nouveau

» Qui le remplit & le dévore ;

» Je ne fais point fon nom encore ,

» Mais je fens que jufqu'au tombeau ,

» Je voudrais pofféder ces appas que j'adore....

» Tu l'emportes, Amour ! s'écrie alors Daphné,

» Pour une faveur auffi grande ,

» Quelle hécatombe , qu'elle offrande

» Te voûra mon cœur fortuné ?

» Rens ton hameau témoin de ma victoire,

» Lui dit l'Amour qui parut à fes yeux,

» Et pour conferver la mémoire

» D'un bienfait fi cher à tes vœux,

» Fais toujours fervir à ma gloire,

» Ce préfent rare & précieux

» Qui t'a fait plus de bien que tu n'en ôfais croire.

» Si quelque jour une tendre beauté

» De mes traits fentait la puiffance,

» Et quelle vît l'indifférence

» De l'Amant dont fon cœur pourait être enchanté,

» Payer fa flâme & fa tendreffe,

» Enfeigne-lui cet art vainqueur

» De verfer dans un cœur

» De l'Amour le trouble & l'ivreffe.

Un nuage à ces mots le dérobe aux tranfports

De *Mirtil* & de sa Bergère ;
Bientôt l'hymen par sa chaîne légère,
Le fit jouir des charmes, des tréfors
Dont il lui réservait la moisson toute entière.

Enfin pour n'être point ingrats,
Nos amans rendirent célèbres,
Ces tissus jufqu'en nos climats ;
Et des tems les longues ténèbres
Ont respecté des nœuds pour nous si pleins d'appas.

FIN.

—————————————————————

Lû & approuvé ce 11 *Avril* 1777.

DE SAUVIGNY.

Vû l'approbation, permis d'imprimer ce 12 *Avril* 1777.

LE NOIR.